善遞饅頭

孫梓評 詩

郭鑒予 插畫

序　夢遊人俱樂部

鯨向海

「孫梓評的詩集序耶」，一想到這個，便覺得自己好像要對不起他了。孫梓評不是那種高調嬉笑怒罵的人（至少在文章中不太是），他的詩趨向於隱晦羞澀，就像是他極少跟朋友一起去洗溫泉，或幾乎不在盛夏穿涼鞋短褲一樣神祕。他的某種核心是遮蔽的，但偏偏我要在這邊張揚他了，這怎麼好意思。

我首先想起他有首詩〈夢遊人俱樂部〉：「保全人員睡著了⋯⋯秩序和規則清醒著／籃球場旁的神明睡著了／模糊的少年們清醒著⋯⋯」就這種感覺吧，詩集叫做《善遞饅頭》，他的視角與情感果然十分慷慨善良，卻也十足幽微迢遞，有一種夢遊氣息，穿越清醒與昏睡的兩種結界，祕密導覽著第三地帶的詩境：其中或許是雖無保全，卻仍有秩序；

無神，但青春茂盛的少年仍遊蕩著之類的。我也迷戀一些他專有的，不知從哪裡蹦出來的神祕主義之詭喻：「脊骨是未經排練的句型」、「他踩著樹枝就像世界／踩著我們的無知」、「不告而至的大雨／像久違的羞恥／使你的床漂浮」……此種氛圍令人聯想到他第二本詩集的後記〈某晦暗、潮濕與偏執〉：「寫詩倒像是一種命中注定的錯過。愈想要寫A，卻只能捕捉B……種種迂迴曲折，製造了詩閱讀的霧中風景。」他的詩誠實地表現了他的性格，果然是會說出：「夢裡發生的事／我不會告訴任何人」這種話的，很有原則的傢伙。

夏宇說過「我愛你們」是髒話，孫梓評偏也要說「我愛你」是〈笑話〉（初本詩集第一首詩）。孫梓評的詩句不僅反派，甚至是反派的反派：「我們派最美的人偷東西／我們派強壯的人從樓頂墜落／我們派幽默的人默誦哀歌／我們派青春的人接受囚禁……」他的〈分類作業〉是反骨的，是悖論的。當所有人都擔心世界末日，他寫的卻是「如果地球從不毀滅／只是輕輕撢掉身上多餘的人」，挖掘出更可怕的戰慄。如同紀弦表示：「詩的本質是……散文所不能表現的詩想」，他大部分的詩的確不易用散文的想法來直接說明。我特別被其詩中撲朔的奇想與迷離的詩歌秩序所吸引。若一般普通寫詩者的想像是跨欄，那麼孫梓評更像是撐竿跳。他是當今少數持續為了營建全新的象徵體系努力的詩人，抵禦著過去現代詩學所打下的隱喻地基，他說：「新來的鳥有自己的語言」。而新鮮的隱喻總會予人詭譎懵懂之惑，孫梓評自然也不免有與讀者疏離之時，所以他是藉由哪些特技保有魅力呢？讓我們繼續看下去。

孫梓評經常關注中外當代流行歌曲或地下樂團歌手，也忠誠地蒐藏了為數驚人的各類專輯。從《法蘭克學派》這本詩集每首詩後皆有附一「詩耳朵」的發想，可知孫梓評與「歌」這個形式的親近：他顯然用詩人的耳朵聽歌；而彷彿畢業於「押韻學校」的孫梓評，對韻腳的狂熱未嘗不是與此有關。此詩集第一首詩便展現了他這項癖好。整首詩一韻到底，完全沒有「避韻措施」，好似犯了現代詩的禁忌；卻使乍看無關的詩句，統馭在一種徒勞的音樂感之中（詩意因此不至於分崩離析，雖然某些時刻孫梓評不免在出界的邊緣遊蕩），此意境正彷彿呼應了詩的主題〈乏術〉，無休無止的押韻猶似一種「困乏的技術」，肇因於某種「孤獨」，只能這樣「重複點播簡單的事物」，直指空虛的現代生活；「星球都是個體戶」，每個人距離不知凡幾光年，「麻木」地跟隨某種規定（持續隔空押韻以求發生連結？），任憑時光不斷流逝（「光線沉默負責運輸」），這首詩「象徵性質的坡度」，終究是諷刺了一種沉淪與墮落？可惜我們都已經「失去對待的魔術」。又此押韻習癖，彷彿能使詩句自動調校音律，因而意義也可能隨著韻腳而觸類旁通，例如「她的悲傷有影印後的黑邊／鯁在喉間的機智問卷／始終沒有找到合適的社交圈」（第一句濃縮了複製時代失去靈光的概念，不僅失去靈光居然還有「黑邊」，一種劣質品的汙點記號），「機智問卷」與「社交圈」皆是詩中罕見的詞彙，他卻如此理所當然地將之「圈」「卷」在一起。又如「憂傷的使徒手牽手、繞圈圈走路／他們展開祕密的窮途／百舌鳥被天空辜負／還預約下一場即興的演出」我也盯著那個「辜負」良久，感到這不是一般人的動作，孫梓評陷溺頗深，因此「字」成風格。此外這些韻腳（譬如他偏愛的ㄨ韻），不知和什麼心理結構或潛意識裡的音律有關？也是值得戳下去的洞。

每個創作者的基本體質都不相同，有人險僻，有人是開朗，有人古怪，孫梓評散文作品的基底是優雅，讀其散文會把他歸類於不可能去參加暴動的那一邊。然而，孫梓評的詩並非完全等於散文，他的詩還有優雅之外的什麼。譬如，孫梓評是使用雙關語諧（近）音字的愛好者（他曾在第三本詩集裡發明了「心寂如墳」這類驚人成語），此詩集最後一組詩〈暴力的幸運〉：「你是靜靜小湖泊／我鹿過／揭穿一些苔痕」也十分慧黠地指「路」為「鹿」，竟獸身成動詞。諧音雙關本來就有點「暴力」，強迫更動字詞慣性原意，將其改頭換面，卻又讓人一眼認出受害者的樣貌，因此常常「幸運」地帶來中獎般的精準效果。還有一些詩題也顯示了這種傾向：〈釋迦模擬〉，〈使景遷〉等。又如寫〈遇可疑人物〉，最後卻是：「讓我們祕密扭轉他的臉／像對待一名可移人物般親切」——本色天真的孫梓評簡直是個好奇寶寶，拚命移動了宇宙裡可以懷疑的事物。

他還是個冷面笑匠。〈空旅行〉這首詩裡開頭便說：「舊金山很舊嗎，上海是哪一座海？」通篇籠罩於對各個地名令人發噱的不斷質疑之中：「鹿特丹有鹿嗎，慕尼黑是哪一種黑？」解構了時下對「旅行」的概念，在搞笑中提出另一種省思。甚至把這些地名異化成為品牌與物欲：「我坐在挪威的森林，靠窗／翻開手中的里斯本／喝著牙買加」，微微嘲諷了這個消費時代的惡習。他也在貌似正常的詩中突然表明：「恐怕我將來不及向你坦承／我如何殘酷花朵／或者也曾淪為一盤醬油」，如此突梯滑稽的意象，讀完讓人果然忍俊不住抱怨「幹嘛醬」。

他嘗說：「神祕一直沒來，神祕就成為了便祕。」他的詩句就是這樣在神祕之中大搞便秘，噗哧好笑吧。

孫梓評也比一般寫詩者更重視標點符號的運用。他詩中屢屢出現大量使用冒號的技法：「這些都：／被放棄了。」、「在此之前：／陽光巡邏彼此的眼」、「在此之後：／晨間的藍撫摸疲憊的窗」、「用最靜默的喉嚨大喊：愛」、「謝謝關心此事：／在每一次無禮的相愛裡／你仍具體詢問我的身體」等等等，冒號是潛台詞的欲言又止，承接的卻是一種結果宣布，答案揭曉之快感。其他例如大大小小穿插在詩句之間的括號（「齊聚（超）現實主義方場」，「（除非必要）我們儘量不交談」）或如〈夜晚送給鐵塔的禮物〉以括號形成一種圖像造成一種韻律；還有自問自疑的「快樂很硬（真的嗎）」，自導自演的「一、兩種憂慮未被喊出（再說一次）」——或以破折號當成一首詩的結尾：「我們反正並不交談／就讓神說出——」而寫給蔡明亮的〈黑眼圈〉，則是用了大量的／／／／／／，在各種標點符號的挪用跟奪還之間，與既定的認知角力，孫梓評挑戰著大家的敏感帶與忍耐極限。

其「不避韻」，趣味搞笑，諧音雙關與顛覆標點符號的等等技法，皆間接反應了當代日常正悄悄進行的詩意革命。孫梓評努力把這些一向被視為油滑平庸的雕蟲小技提升到詩學的層次，非僅玩玩而已。很少人把孫梓評拿來和唐捐或楊佳嫻比較，但他們確實都是中文系的（驚）。楊佳嫻和唐捐當然都是各自有所突破的學院詩人，孫梓評也不遑多讓。身為副刊編輯守門人原本應像是「真正的警察」，明辨許多文學上的正義；但他寫起詩來卻如同「業餘的罪犯」，尺度很大，忍不住就會出手搞破壞。這種反差簡直就是白天當警察，黃昏之後即變身為夜賊。另一個反映當代詩意的特色是：他的詩風一向裝置著大量物體，這本詩集也不例外。如「幾款甜美的礦物與黎明」這樣簡單一句，輕巧改變了事物的性質，將抽象具體化。這樣的甜美是繁複的。「幾款」又有商品的意味。這些礦物與黎明是同一個品牌的事物呢。乃是神的製造了。他的詩就是這樣充盈著當代物質的精神狀態，彷彿專門蒐集那些物體的魂魄入詩。甚至乾脆大聲宣布：「我們終於也可以用物質互相安慰了」。從舊時代的眼光來讀，你當然可以說是一種反諷，不過我有時也懷疑他是認真的。

「壞掉了。」善於理解物的孫梓評，對於物體的各種故障狀態因此特別感傷：「雲朵是已逝去靈魂的形狀」；時常哀悼對那些壞掉的事情的無能為力：「煙火是天空唯一的剩餘／晴朗過度使用」。相對於我個人物質生活的貧乏，孫梓評猶如一個帝王，他的聖諭是這樣的：「總會再度織起的——織物般的我們／離別後各自拖曳遙遠的線」。熟知許多特色的唱片光碟，奇妙的甜食飲料，材質美好的衣服鞋襪，他蒐集各式各樣的杯子，知道哪裡有適當的停車位，哪裡有可以去的餐廳與海岸，飽漲著對此世界的各類知識，既懂無印良品也懂紀念品，同時理解品牌與沒品。他的三首禮物詩：〈時間送給夜晚的禮物〉，〈夜晚送給鐵塔的禮物〉，〈房間送給時間的禮物〉可看出他在抽象概念之間遞送物體，或者物體本身之抽象化的敏銳靈光。所以他要我們「聆聽時間體內的金屬性」，並指出「你的沉默是金／我的微笑是銀／在計時器裡彼此祕密撞擊」；至於「她按下熟悉的號碼／把自己傳真給遠方的花園」這種把人體物化的做法，是他與此時代的物共存的藝術吧。他因此發現了「樹木和麻木一起／尖叫的圓」，相信「安東尼」能夠「拯救句點，一鍋冷湯／沒有保存期限的下雨天。」在〈夜間製冰〉這首詩裡表示：「堅固的友善／是儲冰式空調系統」。他問「你是否仍懷念某人／牢記某一杯熱茶的下午」，彷彿用物體的瀰漫擴散來取代人與時間；「他不是沒有信仰／神，是他的隱藏檔」，這是他發明的雲端科技了。

他更是熱愛為萬物命名的人：「鹿面女孩」、「關係油漆」、「惡日」、「一種稱之為快樂的科學」、「遼闊的色情」、「海邊警局」、「寓言式嘶吼」、「一次性雲朵」……他夢遊的國境到處是稀奇古怪的新品種。他也偏愛扭轉、突變物件的狀態：「甜蜜的罪」、「生病的刀」、「沉默的湯匙般的擁抱」、「指間彈奏的菸灰般的鍵」、「一個人靜靜歡呼的午夜球隊」、「鋒利的預感」、「後設的甜」、「波動的廢棄物」等等。此類名詞與形容詞的發明，並非只是記憶中素材的聯想，而更有創造性的思維，超越性之觀念。更不用說他「飛機莽撞過雲」或「等待一聲遙遠的霧笛／輕輕割破海峽」所捕捉到的奇妙動詞了（這樣討論下去可能沒完沒了，在此打住）。或者有人質疑，這些創意算是個人遊戲嗎？我認為孫梓評超前的氛圍，是將原本無可掌握的靈視，藉由字詞本身的氤氳，將其物質性（字音、字義、字形等）揮發到極致，以實現的。那些專屬當代的字彙，怎會沒有社會意識呢？每首詩每個字都在與這個島嶼此時代喊話互動，指涉匯流無數的文本海洋；唯讀者可能或被酷炫的節奏韻腳所欺騙，或被甜美趣味的技藝所遮蔽，而無從覺察。在那些幽深的無法理解的跳躍之間支撐著的是怎樣的張力？可能就是那意義潛藏之所在了。

以上可知孫梓評有命名癖，冒號癖，諧音癖，押韻癖，冷笑癖，也有戀物癖……他喜歡總結說：「我一定是有病的。」老覺得自己一定有病，也太有病識感（insight）了吧，他應該還有「覺得自己有病」的癖（我想起他的另一個句子：「愛就是生著一樣的病」——這是一種對健康者示威，還是對有病者示愛的手法呢？）。我在醫院裡工作，屢屢遭遇那種試著說服我自己沒病的患者，難怪孫梓評不需要住院，因為他完全知道自己是有病的，那麼，他是怎樣治療自己的呢？

曾經有個同為創作者的朋友在線上問孫梓評：「你為何喜歡文學創作？」孫梓評淡定答：「我沒有喜歡文學創作啊。」對方只好說聲：「真是失敬了。」然後匆匆結束了話題。孫梓評如此徹底遠離詩學傳統，古典氛圍，他只是不贊成把詩當成信仰吧。雖然著作繁多，他強調自己更喜歡閱讀，睡覺，吃飯，聽音樂與看電影。當然我也懷疑這僅是他不想把創作視為生命志業的一種遁辭，身為副刊編輯，他輕描淡寫這些每天都要從事的工作——或許不過是想逃避「創作對他來說確實不是最愉快的，但卻又明明是他最擅長的」之窘境？此其中許多的猶豫與矛盾，孫梓評的姿態是擺很低的，他寫作的領域雖強大地橫跨小說、散文與詩，但他仍難免偶爾示弱，悲觀，感到厭煩與徒勞。讚美他時，他會虛虛地說：「我不長進的人生，也只能藉此得寸進尺了」。〈夢遊人小抄〉（他第二本詩集的另一首詩）上都是這樣記載的嗎？在夢中善遞饅頭（sentimental）地率千軍萬馬，統馭另一世界，乃百尺竿頭，咫尺天涯之王，卻總是知道如何「沉默地對彼此尖叫」，從同一個枕頭上醒來面對現實：那數著饅頭（物）遞嬗的日子。

且讀他二〇一二年收入詩集唯二的兩首詩之一：

山谷懷憂的午後
相思樹警戒
溪的傷口乾涸
身體適合被穿越

因為　霧是沒有道路的

真的沒有道路了嗎？孫梓評正式邀請讀者們加入他的夢遊人俱樂部。

目錄

二〇〇四

二〇〇五

二〇〇六

二〇〇七

二〇〇八、二〇〇九

二〇一〇

二〇一一

二〇一二

二〇〇三

乏術

誰在重複點播簡單的事物
最後的光已經宣布孤獨
還缺少一根繩子好好圈住
那些差點脫口而出
含鈉量過高的幾種祝福
在舌尖平原地形煎煮
一個象徵性質的什麼坡度
送到時間無人的住處
守門員的眼睛被悄悄矇住
無數次或甜或苦的字幕
終於讀到麻木

誰還在持續開放左心房出租
過時家具紛紛長出頭顱
光線沉默負責運輸
星球都是個體戶
我們失去對待的魔術

時間送給夜晚的禮物

讓我們聆聽時間體內的金屬性
你的沉默是金
我的微笑是銀
在計時器裡彼此祕密撞擊
夜色的水道
還不斷沖積著
幾款甜美的礦物與黎明

讓我們打開身體穿越牆
伸手在彼此心室攪拌
當海嘯再次在遠方寓言式嘶吼

密室的造陸運動持續
兩、三朵花在風中靜靜承諾

夜晚送給鐵塔的禮物

腦中的白鳥變形，長出翅膀
飛過棘棘矮森林：

美麗潛水物（黑色飛行事故）
肩上倉促的房屋（修道院的廟祝）
霧氣撫摸城市私處（一百次銘謝惠顧）
可有可無藍色素（海洋最堅固）
雲朵透明無限突兀（任性飄浮不用豆腐）
冗長一番陳述（長出葉子的樹）
簡短伺伏（草書的政府）
時間護身符（誰都給高塔一斧）

大量使用假如（好比最後的說服）
學會駕駛的豬（沉默在貪汙）
兩種嘔吐（波動的廢棄物）

房間送給時間的禮物

她的悲傷有影印後的黑邊
鯁在喉間的機智問卷
始終沒有找到合適的社交圈
第三天了
她的魚還擱淺在沙發裡面
日曆缺水
存在如此凹陷
否定相當接近直覺
粗糙話語遙遠地撫摩她的耳
天氣近況不太樂觀

她獨自站在夜晚的背光面
星星和地球的對角線
她的房間，有融化的危險
大量晴朗失聯
降落傘臨時故障的考驗
一把鑰匙鎖上所有關鍵字眼
乾涸無語的房間
她按下熟悉的號碼
把自己傳真給遠方的花園

二〇〇四

置身

蹲下去再站起來
坐著然後離開
簡單的問候語倒裝
人稱割破熟悉的手
電梯反覆聲援不相關樓層
字體爬滿眼睛
晴朗漸漸露出疲態

情節偶然失效
聲音把夾克的早晨脫下來
穿過默禱與怒罵的空隙

玻璃是最後的堅固
我因而覺得非常厭倦
床的蛋糕上面
你如何置身事外？

合成照片

愛過的人在半途遺失
我想大叫與大哭

追回雲朵：
等等……我們還來不及熟悉彼此

你回頭　給出一場雷雨
和黑白照片的鬼臉

這是我吻過的臉
髒掉了
但很在乎

無預警黑夜

你們以攻擊彼此做為愛
在語言的輕快穿越裡
武器柔軟如同聲帶
當城市無妄敗壞
無法重複搭建與修改

隨即是感恩的慶典
卸下漸漸長成的刺與刀刃
卑微害羞地鞠躬
有一人曾清楚看出對方脆弱
並手下留情

無預警黑夜
你們交出手上最後一張履歷
脫去衣物
在瘖啞的街道親密合照

你的摺痕和上一個摺痕

都經過巷子，也許是同一條巷子。如果時間
都喝過咖啡，其中一杯只喝了一些。已經變涼
都喜歡夜晚。甚至允許黎明產生破綻
局部承諾天氣，任性不被歡迎

對話零星拋擲，或者稱它為碰撞
大雨潑墨，左邊就是河流，提防堤防
幾句陳年高粱，還禁得起醞釀

體內噴泉輪班，來自同一地層的告訴，或者下次
交換過幾次逃亡，角色對調，解釋幾何圖形

像一次考壞的分數，無人作弊，提早離席
從這個掌心到下一個掌心，在同一件衣服身上
溫度彼此模仿

不然這樣，都喜歡巷子，都經過咖啡，都喝過夜晚
還打一個比方：
問候你的摺痕和上一個摺痕
當你們看似
九牛二虎六神無主七彩繽紛五花八門
四肢健全三國演義兩廂情願一路平安

bir d Fis h bird ish b irdfi sh Bi dfi

我們在星星平原上轉彎

我們在星星平原上轉彎
眼裡還藉機燃燒著低溫的問候
夜色被撥開，在逾越的單人鐵道旁
睡去且多夢的黑暗山巒
因為一聲不存在的汽笛而驚醒

那或許是前生的陌生船隻
在虛線的海
捎來彼此必須借住現實的島嶼
愛雖然短，目標晴朗明確
就像迎面襲來的壞主意

這一次，是否仍要矇矓懵懂地跳躍？

我們在星星平原上轉彎
輕聲安撫耳朵裡的彈奏者
音樂本身可以重複使用與回收
顏色被撞開，世界小規模粉碎後重組
我們交換頻道中不可言說的荒蕪

百舌鳥

街道全部讓給新來的鳥
在虛無的國王步道
不關心天氣的使徒喪失所謂革命經驗
和口味不一的驕傲

龐雜的路邊
一根學會彎腰的竹子
開始試圖走路與自我困擾
總是忘記轉彎或留下紙條
總是遲到
偶爾搭乘計程車也只有找不開的大鈔

月亮反覆打破自己
房屋瞌睡中

新來的鳥有自己的語言
舌頭嚼爛風景
竹子的器官
漸漸感到模糊與衰老

在強壯的世界花園：
憂傷的使徒手牽手、繞圈圈走路
他們展開祕密的窮途
百舌鳥被天空辜負
還預約下一場即興的演出

釋迦模擬

他正欣欣向榮地跳高
像意識努力穿越荒草。
（此標誌告訴你前有鐵路平交道）
他模擬一趟由生到死的縱貫路線
（此標誌告訴你禁止在紅燈時做任何轉彎）
天氣干預，兩側枝頭的釋迦低垂、沉默

他決定靠右行駛
（此標誌提醒你前面道路施工）
在戰慄與站立之間
等待前方某具體撞擊

（此標誌的意思是：鬆軟肩道。）
透明粉碎之後，大家計算分數
看誰得到較為便宜的勝負

他並在夜裡發光市集旁邊
路過一具貓屍
（此標誌告訴你前面有個左轉彎）
確定時間過度凹凸
（此標誌告訴你要繞道行駛）
他行走其上企圖超越蛋殼
然而大量陷入
（此標誌的意思是：潮濕時路滑。）
直到遇見想像的釋迦與樹

他開始蒐集紅燈、學會倒車
（此標誌提醒你：車輛將從右方駛入。）
他集滿十種迷惑但過站不停
（此標誌告訴你要留意行人在此橫過街道）
（此標誌提醒你前有窄橋）
煞車！他回憶一次青黃不接的超速——

他不是沒有信仰
神，是他的隱藏檔

晴日煙火

或許我便直線墜落
搭配最無辜的晴日煙火
或許我便堅持赤裸
像天空允許一次性雲朵

身上器官循序爆炸
緩慢地向某某丟擲
在燦爛的注視中
卑微燃燒過
肉體衣服繡著名字
像一個簡單的鎖

這是鐵這是不鏽的手
那是光那是近距離透露

黑鏡

草間彌生 KUSAMATRIX 個展，六本木，二〇〇四

如果能打開通往黑暗的長方形
事先跟有懷錶的球體道別
啊我們身上都穿滿野獸的斑點
使用一、兩種蛇類的捲曲
有人是毒素微量的菇
儘管鏡像意義缺乏
但鮮豔而孤獨地在高樓膚內增殖

在此之前，必須先撫摸某一朱紅的痣
學習草履蟲般自在變形
在有巨大玩偶的白牆邊邂逅歌姬

她唱著：現在是死亡時刻到了，現在
有三種凝視在交易
快速通過的青春幹線還繼續前行
兩面圓鏡的夾層裡
是一條無限延伸的複製的梯

如果已被邀請
在妖怪的快樂國度
隱約聽見燈與細菌在對話：
誰都穿越龐大且秩序的長方形
看黑暗如何折射彼此
在另一螢光色應許之地
有人赤裸承租嶄新肉體
有人沉重地卸下背後的鏡

愛上地下停車場

然後就降低自己／直到最低
像一個不被打開的
祕密抽屜
靜靜忍受潮溼攻擊

左翼傳來汽油氣味
嗅聞／戰爭在腦中溝通
夜晚醞釀彼此／潦草的倒退
一、兩種對話停靠

錯誤的號碼

大量沉默經驗
每一方格都有飼主
日曆薄了

遇可疑人物

遇可疑人物時，要膽大心細
跪下來吻他的腳
像對待一名尊貴的賊
畢竟他們總是站在安全島上
呼籲我們深情地拋下貞節
最好還快步走過斑馬線

他們，是未長大的方形搖籃
在模糊的口述信件裡
弄髒所有證詞
並等待遠方寄來一只奶嘴

讓美麗毒物接受哺乳
繼續茁壯

遇可疑人物，要處變不驚
先採集他的指紋
因為他們總是善於否認
像一個健忘的現行犯
左手放生已發芽的罪行
右手在催淚彈現場
透過關鍵字
製造味苦的糖

誰能夠原地不動記得所有原封不動的
可疑人物？

或者
讓我們祕密扭轉他的臉
像對待一名可移人物般親切

聽說他問起我

多少次了，忽然
在生活與非生活的街角
一輛超載睡意的公車闖過禁止線
我低聲在枕上召喚遙遠的誰
耳朵也有失落的一頁
密集寫著聲音與非聲音
未被抄錄的生字們
當一個熟悉的安靜像星體暫停
就有了歌

聽說他問起我

那麼我仍然在夾縫與非夾縫間寄生
——可以像一個貨櫃般提起我嗎？
帶我去有潮聲的岸邊
我將經過你們與非你們的中間
熱烈對世界揮手告別
目的地：無人島
在音樂與非音樂的中午
扳開陽光烤過的身體
我的裡面裝著很多啤酒的變奏
石礫與非石礫的下一站
時間自街角折返
我轉身向黑夜投擲一架輕航機
像一支以為唱完但其實沒有的歌

都放棄了

1

都放棄了
在談論和被談論的角落
乾淨地挪出一點身體
像最厚但未完成的告白信
嘗試拆開自己
風聲裡假裝痛
剩下的酒，失去名字
注視著慢慢經過的
注視著且慢慢經過

被放棄了
口袋掉出一個突襲的標點
遠方街角大霧
忽而長出來的行人與計程車
正要運走後來才懂得的

誰又記錄了誰？

夜晚是亂丟的音樂
桌子是線索的山丘起伏
燈光下幾個模糊的單字

燈光下幾個模糊的但是

你幫不上忙
我的五月是墨綠色的

2

陽光像蜜一樣流出來
遙遠的注視
直到跟蹤也學會了跟蹤
一整片過甜的海
都放棄了。
抵抗不了嘴裡善變的天氣
立即被吞入黑暗洞穴

有血
一次冗長且沉默的穿越

陌生人擁抱或交談
一兩張碎裂的獎狀
可變換的標籤和保存期限
方向無序的睡眠
失根的床與說話的版本
夢境涉嫌過量抄襲

這些都：
被放棄了。

你像蜜一樣緩慢注入

身體的縫線於是無法負荷

3

煙火是天空唯一的剩餘
晴朗過度使用
夜晚，求救聲音微弱
有人聽見嗎？

房間短暫囚禁著誰
讓聲音組成活潑的樂隊
你慈悲但是枯萎
把時間睡亂了

還借來固定的海浪
每一次，緩慢地離開不存在的沙灘

都放棄了才知道
悄悄掂在手心的一種說法：
雲朵是已逝去靈魂的形狀
曾在遠方藍紫色變換

無效的即興速寫被放棄了
平行與垂直的屋內街道被放棄了
沉默的湯匙般的擁抱也是

（遠方顯得模糊難辨）

漸漸要轉身了
還說不出第一句償還

4

海都濕了，陽台也是
雨滴瘋狂淋彎了大樓的背脊
像一株愉悅但害羞的植物
深情低頭俯瞰
河流轉折後的唯一去處

一陣大雨被天空放棄
強壯地傾訴著

山巒因為聆聽而衰老
還找不到適當的安慰的修辭

我背熟夜晚要說的每一個字
動作靜止：
等待買回來的三種熱帶水果腐爛
穿過的衣服離開身體的阻攔
遺漏訂票的標準答案
刪除失效的電子信
燈光不斷復活又死去
巨大的私人飛機
遲遲無法安全降落
都放棄了

再也不能走回門口再一次把門打開
或者，將大雨前的乾燥期
輕輕，繫在你的頸上

5

已經給你最多所能給
在身體破碎前一刻
發現無法掏出什麼鮮紅的器具
讓一切潤飾後運轉如昔
雙手試圖徒勞洗滌
丟棄站立許久的，拾揀無從選擇的
面臨遷徙的前夕

情緒推翻十二種假設

漠視著撲來的時間
還大聲對那牆壁說：都放棄了

已獲得最多我能獲得
從沒有成功盜壘
一個人靜靜歡呼的午夜球隊
不凝望半透明夏天
跑過三、兩條雨後暗街
還會有一個城市等待像積木般重組嗎？
還會有另一個我給你最多所能給？
然後你情願被放棄了
大聲對那牆壁說：被放棄了

二〇〇五

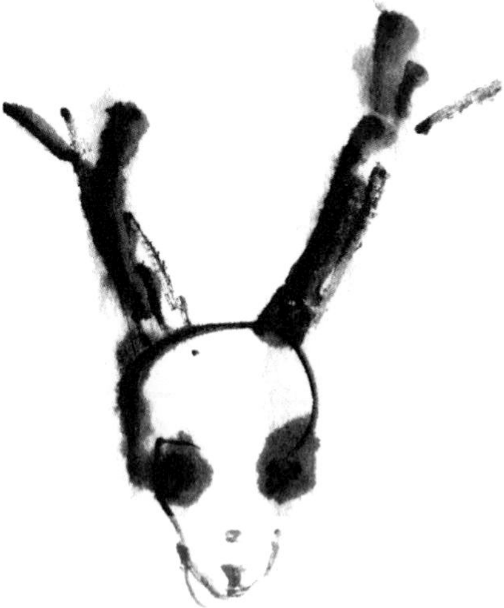

性學校

老師要我們坐下
校長在門的外面
瞇著眼輕輕吹氣

快樂很硬（真的嗎）

如果疼痛偷偷來投宿
在曲折成徑的夜晚
身體像一條習慣性的彎線
適時憂傷繃緊
或者，嘗試躺平像地圖

誰都可以閉眼前進（不說話）
孤獨尋找森林第三座城堡制高點
道德和其反面拒絕被摺疊
快樂很硬（真的嗎）
牙齒表達跟天氣一樣鐵

飛機莽撞過雲
感觸輕輕剝落還暗中象形
脊骨是未經排練的句型
耳朵祕密傳遞誰的呼應
與一次決定性的掌聲

一、兩種憂慮未被喊出（再說一次）
一、兩種憂慮未被喊出（再說一次）

月亮來的人

背對述事者的嘴
在暗裡，我們一起默誦
黑夜。
月亮來的人總有著過度
發光的身世
他踩著樹枝就像世界
踩著我們的無知。

愛上旁觀者的影子
月亮來的人帶來過多
視覺。

閉上眼睛我們假裝聆聽
樹木和麻木一起
尖叫的圓。

安東尼拯救下雨天

關於我們心愛的人，有好多事情我們並不想知道。——Chuck Palahniuk

安東尼從房間走到房間
像一句耐磨的謊言
空的書架讀出寫在書頁裡的雨
隔壁衣櫥的管理員出示證件
攔下酒後駕駛、過重超載
還有一、兩件洗舊了的把戲
安東尼不在乎這些，他必須相信廚房
一個洗臉槽的重量
像背景一樣晾在全新的衣杆上
那裡有一座山的表演
變換葉子不肯更動的膚色

安東尼深受感動
他拒絕了窗戶，拉門和吊燈
只讓椅子與他談話
那時桌上的咖啡懂得沉默的必要
一把鑰匙轉身把門關上
留給整個午後無關緊要的線條
安東尼從房間走回房間
他曾經拯救句點，一鍋冷湯
沒有保存期限的下雨天。

嘴裡沒有名字

基於某些私交越界，犯了點甜蜜的罪
趁著天色不對稱黑暗之前
試著學會後悔。像是很遲的後來
打開無人知曉的舊信件
那時多麼相信只要持續灌溉一些蜂蜜
就能照顧花園裡的根莖類

基於某一移動的盲點，裂縫細細咬囓
我的身體已經腐敗了
在那些寫錯的稱謂，誤解的嘴
還有不忍卒讀的同一條長街

忘了長大的人永遠插在瓶子裡面
等待陽光轉運誰的葉綠素
好供給過早的衰老所必須買單的一切

基於某些太膩的漂浮，家具散落島嶼四處
黏在牆上的影子渴了
寫下來的備忘錄都不是真的
只有當天午後的物理撞擊逼真、強烈
天空俯身降下過量的雨水
從此我們陌生地睡

疑似遺失遭竊的明信片

1

我們都到了另一個島
從假設的島到消失的島
時間說出真心話
已經辨識過的語言、聲音、形狀
就可以掛起來
或牽掛起來
直到碼頭熄去最後一盞燈。

然而你知道，全部的黑暗是絕無可能的

就像完整的自我
或瀝乾的某一種稱之為愛

2

心放在那裡，反正也是荒廢
能夠燃燒就給它火把
像一場奮不顧身的填字
祕密一樣把自己填進去
從此視事而非，森林塗炭
但身體的原處
仍有一株完好的向陽植物
不放棄任何最大公約數

——心放在那裡，反正也是荒蕪
公地放領，三七五減租
耕者有其田的時代來了。

二〇〇六

有縫

我們在夜色裡實驗擁抱
無法密實地將身體交換
因為語言有諷，微涼
兩行單獨存在的句子
各自軟弱

眼神有縫
嘗試眨動傷痛
風來，就使用短暫的告別
線條學會了委曲
還模仿不存在的雨
趁著降落時虛構

心兵

心裡有一千個兵
他們都聽從指揮
在身體的游擊部隊裡
孤獨地合群

天空只有一種箭頭
指向錯誤的戰情
褪色的堡壘
黃昏的火

心裡有一千種病

夜晚過度密集
大量建立無證據邊境
再等待它緩慢地傾圮
（脫落的裝備與糧秣）
（虛構的點名與集合）

這一刻開始
輪流夜間射擊
（使領袖不再領袖）
再學習優雅地擺手
已經數度偽裝成功

生病的刀

謝謝你養大了我的惡
在一切都已鈍去的午後
生病的刀
還能切割些什麼？
難道不是只有眼神是銳利的嗎？
在告白的受體身上
持續餵著注視和糖類的苦
那些瘋狂都不算數
只有偶一為之的燃燒
曾經去過你的枕邊，見證夢中的倉促
三把鑰匙，兩張椅子

謝謝你養大了生命的毒
在淹滿字語的破碎街道上
我們迎面吹奏了不可能
刀口沾血，也舔著蜜
還要再繼續吸吮更多
讓一根長長的吸管插入你的體內
從那裡運來更多的眼淚
在黑暗的盤子上
鞋的聲音敲響了薄薄的空屋
有人決定放棄，「那就算了」
有人打開潮濕的書
讓字去讀字

（除非必要）我們儘量不交談

月台上傳來這樣的廣播：
「與其他乘客交配時，
請降低您的音量。」

因此，我們儘量不交談。
只翻動手中的書
讓他人的沉默降落在第四行第八個字。
作者提及草藥學、病變
和一種稱之為隧道的時間。

他人隔壁著他人

空氣中因交配而生產的混亂
重新組合了書裡的字。
作者被大量細節暗示
黑暗輕輕超越
又翻過一頁。
我們已經無法交談。
列車上傳來這樣的廣播：
「下一站，心害——」

關係油漆

以色列寫了一封信給我
深夜時分寄達
起身調整電視頻道

那時，
我的朋友即將出發
她產下一名女嬰
手中握有巴爾幹半島五國聯票

反正，
我哪裡都去不成

因為你都知道
重複在時間所及之處來回踱步

一遍又一遍漆著眉目
整張臉有了地圖

直到，
朋友寫了一封信給我
以色列產下一名女嬰
時間握有巴爾幹半島五國聯票

我即將寄達
電視頻道哪裡都去不成
因為深夜都知道

荊棘下噛

1

陌生的名字
如戒律一種
我每日荊棘下噛
且不斷排卵。在夜晚的甬道上被跨越
耳朵好自在
身體膩在空蕩大街
沉默是全新的聲音
我練習排隊取牌聆聽

電子音在第三個小節暫停
幽靈列車靠站
車長廣播陳舊的思鄉病
冷空氣裡磁的黃金飄浮
眼角那魔鬼許願：
讓痛苦在喉嚨裡開花
像所有瀕臨絕跡的愛一樣

2

食物找到主人後
請陸續解釋體內的幽靈：

時間工廠製造乾淨場景
魔鬼勾引錯誤指令
流血的手觸犯琴鍵
夏天召喚微雨的森林

在此之前：
陽光巡邏彼此的眼
語言經過數次優渥跳躍
讓惡戲結束在一次隱藏

在此之後：
晨間的藍撫摸疲憊的窗
黑暗中發生過的祕密
終於閉眼
認養了小小的安靜

二〇〇七

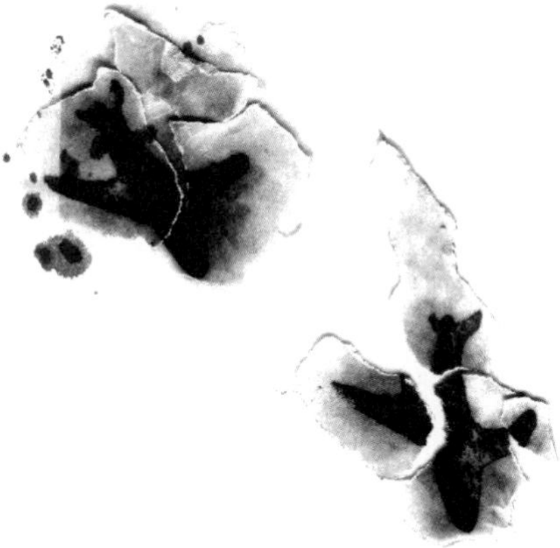

想像就是侵犯

害羞的島在夜晚升起
海裡藏有一半的身體

不告而至的大雨
像久違的羞恥
使你的床漂浮

Glósóli

因為 Sigur Rós 的〈Glósóli〉

我們小小的流浪隊伍
都在發光

跋涉和募集是必須的

草裡的人對著鹿面女孩微笑
顏色陪我們一起走過沼澤
風問過草，草吻過草
陽光剝開金黃色的注視

石頭上還有更多的朋友

一些祕密的噓
我們在植被上睡覺

緩慢的草原
少量的火
鼓聲咚咚咚

沉默，我們小小的流浪隊伍
都在試飛

一定會找到那面鼓的

只要快步跑上山坡
等海洋呈現正確的傾斜

我們就會一路奔向天空
微笑，像忘了地址的鳥

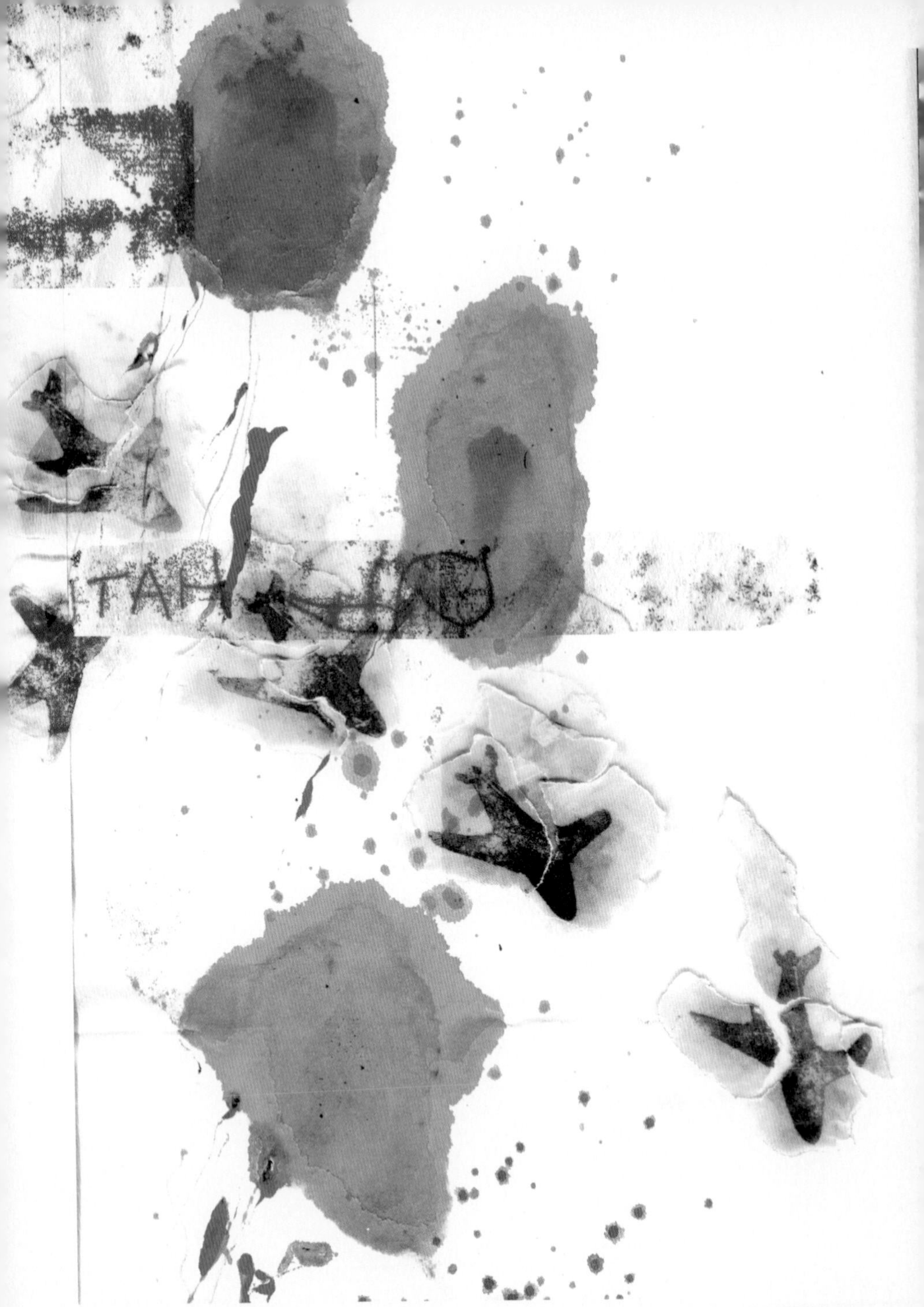
TAH

愛上雨中籃球場

遙遠處傳來歡呼
時間交棒中途
午後雷陣雨緣故
解散所有監視者的壞心腸
必然有誰在那邊來回跑
還穿著完美的衣服
那是青春的喉嚨所發聲的字母
每一顆球都投中了人生遠景
每一次注視都截斷另外一種注視
背影也搶著說話
雨淋濕了結論——

愛上雨中籃球場
只需要一次午夜散步
與拎著長笛的中年男子對峙
他曾經害羞地在空曠河畔倒數
傷害過兩隻蚊子
洗碗槽裡堆著不明債務
又一次感到
體內草原獲得不定時荒蕪
必然有誰曾經默默祝福他的背影
在已下檔娛樂性節目
在一場雨的第二幕

夜間製冰

國立科學工藝博物館儲冰式空調系統，夜間製冰，
日間使用，分散顛峰用電時間。

午後，晴。
秋天擦去夏天
陽光塗亮黑夜
烏龜們在小池裡疊高
像能自由移動的島

小孩尖叫著從高空墜落
又被一條線救起
或張開雙手用輪子行走
或在短暫的蔚藍中乾燥地駕駛

一種稱之為快樂的科學
和時間的工藝
隨意在草地周邊發生

建築物則微微沉默
任由角色經過
堅固的友善
是儲冰式空調系統

再過十分鐘
二十二個同梯約好去營區邊小溪烤肉
科工館門口集合

使景遷

抱歉是這樣的私人時刻
我卻擦身過你的日常
像個匆忙的觀光客
原諒我好嗎，我忙著愛人
忙著吸吮世界的蜜
在「將要」和「意志」難分的瞬間
能使不消失的方法太少
唯有繼續相信
直到相信將我吞噬

「愛就是生著一樣的病」
我又忙著從熱度中退卻
像一塊迷路的冰
而後，才能在那樣公開的時刻
學習盲眼獨裁者
大聲說出律法和囚刑
在不可知的移動溫泉裡
浸入你的地址

漸漸

我們終於也可以用物質互相安慰了
當龐大的溝通將你吞沒
你曾經放棄與我交換
新的旅程：
偏愛的甜食與外套的顏色。
各自走到海邊認養一方自己的岸
聽潮水如何渴望天空
你曾經放棄我們一同耕耘的黑夜
土地此刻仍盛開著無數憤怒的花朵
——憤怒與愛，有時是極其相似的

誤會吧。
當我們擱下手中刀叉
我從你口中吐出的遲到的承認
辨視那難以盡數的在指間彈奏的菸灰般的鍵
此刻發出蕪雜不悅的聲音

冗長的黑暗來了
進行中的列車數度中斷。

但山洞與山洞之間總埋伏著藍
總會再度織起的——織物般的我們
離別後各自拖曳遙遠的線
又或者像箭
在射程結束之前，忽然憶起：

是誰鬆開了手，迷失於
話語、目標、身分……
鯨豚都沉入最深的海底了
我咬開你身上僅剩的疤
轉身跑過一條街
漸漸，溶解於風所吹皺的

黑眼圈

蔡明亮的《黑眼圈》，二〇〇七

睡不著／因為有人睡著
植物一樣的睡／音樂灌溉
長成欲望的核／躺著等待清洗

不說話／學流浪漢沉默
也想在燥熱街角／觸摸重要他人
夜深後／被撿回家／陌生地睡
睡成陌生

浴室是潮濕的／一直都是
我們都是

不如就／一邊接吻一邊咳嗽
繼續接吻／在陰霾裡／繼續咳嗽

或者／加入他人
躺在他人／中間／讓大霧掀開你的臉
直到時間／直到汙水蓄滿

但／沒有可站立的位子
移動到陰影裡
希望有人／讀出黑暗中的字

不如就／一邊生活一邊沉默
繼續撫摸／在陰霾裡／擁抱多餘的人

我們巨大的感情廢棄
足以飄浮／像一床故事

二〇〇八、二〇〇九

爛人

收拾過昨天的野
聽熟了微酸的歌唱
有沒有愛是
為了等一個人
肩上燒著花瓣
我給你淚眼
他還我鼻酸

硬地（種音樂）

夕陽光臨鳳梨葉片
藤架輕輕說出番茄花
荔枝還未如同石榴
成為早熟的母親
桃子形池裡
有一字，曰魚
迅捷咬走了聲音的餌

青春騎士

記西嶼燈塔

由馬公出發的海面直達電車
尚未開通
我們只好佯裝青春騎士
逆時鐘沿203縣道
經過新娘魚與褒歌糖
前往西嶼燈塔

不是天人菊的季節
而因此，自我腦中撥給一七七八年的電話
始終沒有接通：
「那時，天空與海是否等藍？」

風的草原，將我吹遠——
也許這樣的旅程
像一張蓋錯郵戳的明信片
多年後能偶然寄達
日落的你？

當黑暗漸漸占領航道
我們與時間對峙，如島與島
在看不見的燈塔旁
等待一聲遙遠的霧笛
輕輕割破海峽

親愛的鬼

在時間的候機室
龐大的生存客機清理中
我竊來一句你說過的話語，玩笑
夾進透明且薄的旅客紀錄

當你轉身，進行形而上離境
我們一個看錶
一個假裝手上有錶

恐怕我將來不及向你坦承
我如何殘酷花朵

或者也曾淪為一盤醬油
在那些逆光的倒述裡
我眼見你腳下一組輕快音階
竄進我潮濕枕頭
又或者第二十二次擦肩
一個轉左，一個向右
始終無法順利遞出
舌尖的糖果

然後，我們就被瞬間傾倒
在人生的大垃圾場
任由下一個拾荒客撿走
或，再度丟棄。

（直到我們都能勝任拾荒）

躺在安全玻璃上
靜待早已發生的槍響
空氣中傳來冷淡的廣播：
龐大的生存客機，銷毀中……

你已經永遠離境
親愛的鬼，所幸登機門及時關上
你才不會瞥見
我臉上爬滿遲到的眼淚

惡日

又一種新的病被發明了。

我們靜坐、聆聽祂的點名
將半個身子淹進日日上漲的熱
古老住民們曾擔憂不已的天氣戰爭
再度光臨。

甚至等不及一艘龍形方舟到來

我們決定戴上假面，誤認彼此
去最熱鬧的街上
看一尊雕像如何過馬路

或者，審判書寄來的前夕
落日燃燒結果
讓細菌如塵土飛揚
覆蓋我所認為最美的手指

我將等待：
每一扇玻璃都被求愛的眼神敲碎
高速車廂在預言的下一秒斷電
靈魂歷經鋼骨建築的瓦解
寵物終於淪為誰的食物

無出口的城、融化的國家、
被欲望擦拭過的宇宙……
都指向同一個疑問：

「我們真的那麼幸運能看見末日嗎？」

如果地球從不毀滅

只是輕輕撢掉身上多餘的人

夢遊人俱樂部

剝開齷齪大暑
在確切的善意之中
隱瞞沙發與午夜大廚
加入夢遊人俱樂部

吸吸，吐——
吸吸，吐——

阿密特陪我跑步
soul boy 陪我跑步
昨天以為的龍眼樹

其實是蓮霧
阿勃勒陪我跑步
陪我跑步，星星的複數
一隻失眠的蜘蛛
從這根柱子
盪到那根柱子

或者，轉一個彎
在河右岸
與夜晚比賽流速

不遠處，警察攔截超速動物：
一隻逃獄的長頸鹿
打開手中老舊地圖

微笑向我問路

吸吸，吐——
吸吸，吐——

保全人員睡著了
提款機清醒著
學校和游泳池睡著了
秩序和規則清醒著
籃球場旁的神明睡著了
模糊的少年們清醒著

風吹涼長長的街
如何從搖搖欲墜的身體

提煉出更好的錯誤

當我，被一首歌準確擊中
沒有身分卻想哭

空旅行

舊金山很舊嗎，上海是哪一座海？
我從青康藏書房開始散步
天空是平行的雲林
左邊是德里，右邊是馬德里
前面是巴基斯坦，後面是巴黎
走累了，就把雙手伸進遙遠的青森
將一顆蘋果對半剖開。

小樽和小港，孰小？
多倫多和薩爾瓦多，誰多？
我騎著羅馬，仰光

想起花市買來的那株德黑蘭
擱在仙台上
是否盛綻猶勝米蘭？

鹿特丹有鹿嗎，慕尼黑是哪一種黑？
我坐在挪威的森林，靠窗
翻開手中的里斯本
喝著牙買加，邊揣度誰將嫁給
特拉維夫，或是武漢。
還思索明日晚餐：
漢堡以及聖彼得堡（都是直火炭烤）

又一個宿霧之夜
輕聲馴服眼中

嚮往成為地球的地圖：誰來赦免我的斯德哥爾摩症候群？

在別人的愛情裡

你是否仍懷念某人
牢記某一杯熱茶的下午
一再複習一雙鞋的身世
以為他住在記憶窄巷某弄某號某樓
沒有搬離過。
供你任性召喚
每一次，都復原如同最初儲存的樣子

你是否喜歡那份懷念
像一片寒天裡最後的葉子
準確墜落。

配合一次不嚴重的歎息
而地球的鐘面上
當你啟動倒退的敘述
其實某人
正往另一處移動

某人正喝一杯新的茶，戴一副
新的眼鏡。搭乘某班次前往陌生的餐點
（哦這不具任何控訴氣味）
只是某人與新同伴們
一齊進行新動作：
他離開了你的書頁
擦去了那一行
成功脱離你所儲存的各種

檔案類型

就像你們會分別參與同一個電視節目
前前後後使用同一場電影
在同一個深夜
被同一本雜誌裡的同一段報導字眼觸摸
闔上夜，一個睡去
一個失眠
在一個季節之後偶然印證以上的一切
竟然沒有一點異味
或，眼淚
你是否竟仍以為其實應該是你

跟某人一起出發，抵達，拍照留念
親密地在月光與大象旁邊
使用較為害羞的稱謂
或者早該如新同伴般易撕
不黏，沒有習慣性存檔的壞病

反正（同一部）電影裡有你們要的遠方
錯過的時代，都有最政治正確的故事——
他們免於衰老，免於製造後果
免於在一個微涼的夜
發現某人只能稱為某人
因為在同一秒
他正移動往另一處
戴一副新的眼鏡，喝一杯新的冷茶

反正散場時分，你們都能在別人的愛情裡
找到自己的愛情

神都知道我們的祕密

沿高速道路穿越甘蔗園
經過人造的路與橋
神在亞熱帶黑暗裡等待
祂不來找我們，我們就去找祂

我們的口袋裡裝滿疑問句：
F自律神經失調、易躁
幾次夜半借住急診室走道
他樂於經商、維修倫理
在餐會裡成功地自我調侃

Ｍ關心我的婚姻與脊椎
雖然她讀過我十七歲的情書
她知道答案，但配合演出
就像，她也預感：
Ｓ那一次前往陌生的海邊警局
不只由於一次匯款謬誤
而是她欠下無法償付的謊話……

神都知道我們的祕密。
知道我曾掌摑Ｓ（事後止不住的流淚）
她出口輕蔑某親愛長輩Ａ
Ａ自稱比Ｓ更靠近神
且能以語言和仙人群組溝通

神知道ＳＳ看過我的色情雜誌
因此決定拋棄她的同性愛人
神知道ＧＭ在夜裡縫釦子
謹慎而愉快地將世界搬來搬去
同時搬運自己回到往昔

神知道這一切都是一幢透天厝裡
平行發生的一秒

我們交出姓名、住址與生日
為了讓神方便在祂的電腦裡搜尋
我們是一串祂所發明的關鍵字
前來等待主人指認

神知道，一隻鴿子在夜裡飛翔
被命名為短暫的孤獨
一朵花在正確的時刻綻放
而獲得珍貴的秩序
一個人如何能不安於生命節目表
企圖從方格中逃跑？

祂安排萬物去向
此刻亦不遺漏一個彼此圈豢的家庭
用最靜默的喉嚨大喊：愛

因此，我們在甘蔗園畔脫下鞋子
踩過灰塵，握著線香
與神的代言人對望

溫馴等待一小句真相
我們反正並不交談
就讓神說出——

你們

後綠色遊牧民族

你們——曾是我們。
齊聚（超）現實主義方場
脫下身分，成為編號016、編號119、
編號058。
從高到矮報數，由左向右看齊
體會義務裡包藏的異物
我們，吃地上的四菜一湯
踩別人的肩膀蹬上矮牆
在微涼的靶場
找不到那顆射向自己的子彈。

我們平躺在鼾聲兩側
輪流起床，看黑夜是否合法移動
等地球願意轉換頻道
陽光就來盜走我們的汗
落葉和菸蒂是默默的陪伴
在遊牧的日子，我們慣以倒數
迎接（持續）移防中的時間

是誰大喊：「注意！」
（鋼盔、水壺、S 腰帶都備妥了嗎？）
（人海裡逃生的裝備都堪用嗎？）
（如何在黑暗的監視下取出正確的槍？）

白卡上的安全回報小組消失了

真正的福利是永遠逾假不歸
最精實的一員
獃在不打烊的軍械室
操演職場刺槍術
你成功了、消耗了、安全了、重複了
每一次，都經過五百障礙才爬進夢中
夜間驚醒，鄰兵無人
此刻，誰在對我們晚點名？

你們都住著你。
你胖了、寡默了、父親了、稀薄了
那些用舊的暱稱稍嫌窄仄地穿戴著
身旁人物偶爾置換
情節卻相仿（儘管電話紀錄缺頁）

慣用字居然還一樣：
「最好是……」

最好是你們相約在酒席，婚宴
或者誰和誰分手的夜晚。
每一次，酒杯一直斟滿、再斟滿
在你們裡面倒出你。
你像發潮的麵粉做成饅頭
你像摩斯電碼被誰譯錯
你像每週一次的基本教練
你像清空的內務櫃……

時間從我們篩出我。
我來，試著拼湊一個

原地解散的自己（稍息之後不敬禮）
將破碎的制高點
嵌進大量塗改的戰情圖：
當你們，哦，你們
像小鹿一樣輕踏
（第四十四次離營宣教之後）
通過了門禁、衛哨檢查，還有我
沒有回頭

沒有詩也沒有關係

深夜接獲少年來電：
「我要成為軍火商了。」
放棄手中低溫的火燄
被愛人射穿的彈孔
也已沾滿灰塵

當我得知，「我不知道。」
如何繼承懷疑論者的龐大遺產
就算扮演狂熱份子
片段複述在紙上的俗世
仍無法有效傳真

而懷中一隻夜鶯死去
石南花小徑再也盼不到
一聲咳嗽。

他是否終於找到
「比燦爛更燦爛的字」？

詩人們都到齊了。
在石室，夢土，或島嶼邊緣
前往地獄的一季，宣布結束與開始
也可能屈身於希臘甕
大聲校讀自己所寫的：
抒情的正義、鋒利的預感
後設的甜

街上甲乙丙
陸續經過商店，餐廳，醫院
情緒涼了，穿上
新購的制服
眼睛餓了就在菜單裡狩獵
身體壞了
則塗抹快速的安慰。
未曾察覺：不遠處有海嘯發生

有什麼關係？

我們大方
將痛苦傳染給鄰人
閉眼躺臥遼闊的色情之上

夜闇中最平凡的願望
無非是……自由、平等。
或者上述二者的相反

（不）遠處，黑金著色的土地
攤平了身體
默忍每一把權力的鋤。
報導者口中的濃霧
足以屏蔽自心裡發射的槍聲
曾一次又一次準確擊落
（不存在的）領袖

沒有詩也沒有關係——

古老的陽光即將用罄
有人隨手調高水溫
有人祈禱一次愉悅的毀滅
鯨豚在看不見的城裡示威遊行
潮汐是地球低吟的輓歌
只唱給聽得懂的人

二〇一〇

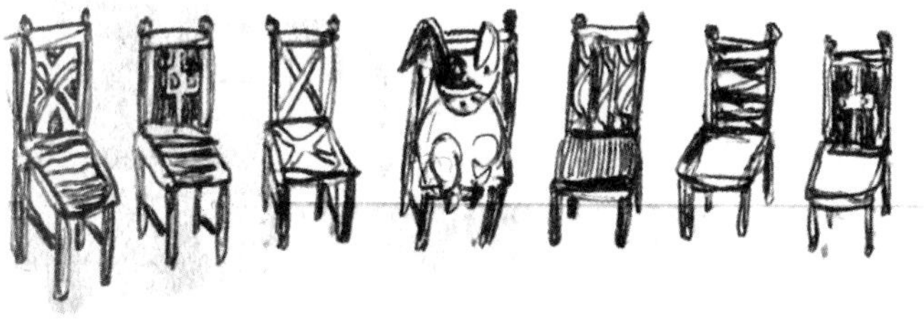

謝謝關心此事

謝謝關心此事：
在每一次無禮的相愛裡
你仍具體詢問我的身體

謝謝人潮將我們沖散
在眼盲的碼頭
岸總是自有主張

時間開始倒數
煙花準時來了，我們
歷經無數次陌生的排練：

因為無法尋回彼此
終於順利展開
新的一生

二〇一一

分類作業

我們派最美的人偷東西
我們派強壯的人從樓頂墜落
我們派幽默的人默誦哀歌
我們派青春的人接受囚禁
我們派傷心的人傷害別人
我們派貧窮的人善待貧窮
我們派憤怒的人邏輯重考
我們派有空的人吃糖果
我們派真正的人重生

甜蜜生活

握住聲音
有人不斷往耳朵塗抹
奶油

身體沙發發芽
指針持續於同一戰場
擔任嚮導

遲到的咀嚼
無夢的胃
聾的音樂

眾葉潮聲微微
鄰人轉動鑰匙
遠寺敲響木魚

禁止移動的房間
生活的空孔
某連線試圖窺探

「我離開，為了保持我的不完整。」

電視頻道活躍
不斷餵養
緊閉的眼

■ 引號裡的句子，出自伊朗藝術家莎拉．拉琶（Sara RAHBAR，一九七六-）為她一系列名為「戰爭」的複合性媒材裝置藝術，其中一件所下的標題。

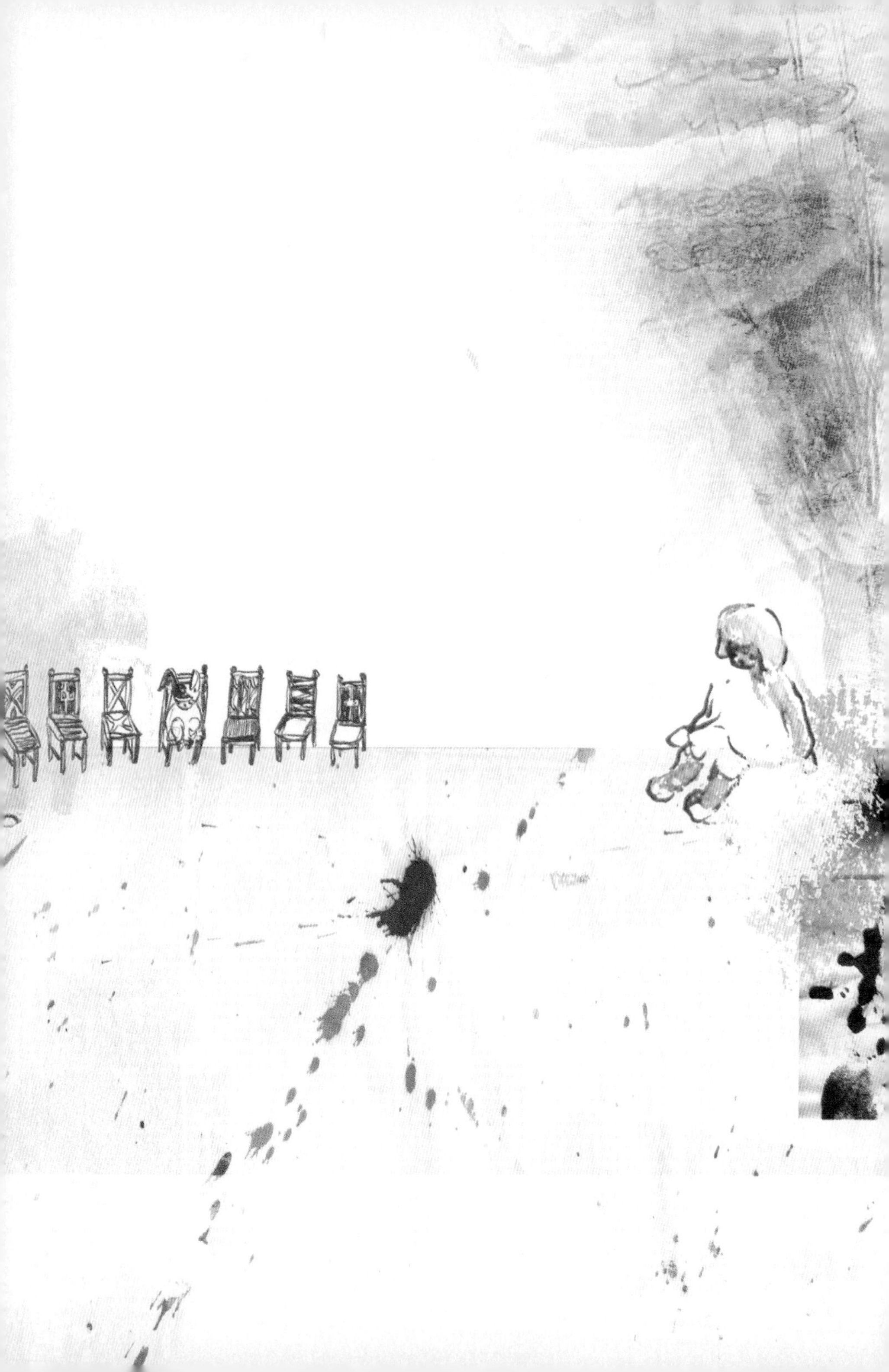

二〇一三

午後的發生

1

山谷懷憂的午後
相思樹警戒
溪的傷口乾涸
身體適合被穿越

2

因為　霧是沒有道路的

如何藏好胸口的燈
不在對方看見時亮起
啊，雪的解釋
一次次遮掩了答案

3

當窺視者增生
我們聯手放生光亮
等音樂示弱
便將自己蹲回原形：
石，或者世界局部

暴力的幸運

1

你是靜靜小湖泊
我鹿過
揭穿一些苔痕

2

霧濃的床
獸負傷逃逸

他為自己掙得一顆心

3

暴力的幸運
電車在夜裡對稱
往前，成為螢

如果的散步

夜的小森林
沿途麵包屑般掉落的聲音：
交換心室商品

誰吸走空氣中的熱
誰安排一些路人讓你分心
在話語複製的小徑
側耳聽（沒有出現的）雨
辨認我們近乎押韻的身體
是否像兩個歧義
但同音的字

你願意傾訴的範圍
會大於黑夜嗎
當黑夜阻擋
我更喜歡你一些些
當我就是黑夜

街的小森林
假裝加入外國人派對
喝酒，拍照，看月亮
成為夜晚的裝飾品
一班誤點公車
載我們往最暗的房間
緊緊擁抱不肯熄滅的事物
舔舐彼此養壯的枝椏

把最綠的火
埋進向我敞開的田畝
你笑起來，混合著如果的疼痛

只是車廂裡
你手中曾掉落疑問句：
借來的花朵
怎樣可以結果？

我們果實般等待榨汁。

光的小森林
一隻甲蟲棲在雨後紗窗的夢
你閉上眼睛，放心

任我狩獵——

如果的散步：
我該如何解散心中
那永恆的，灰塵的小演奏會
有一不受指揮的高音，默默為你顫抖
像枯過的葉子

善遞饅頭

作者—— 孫梓評
繪者—— 郭鑒予
執行長—— 陳蕙慧
主編—— 陳瓊如
行銷企畫— 李逸文、闕志勳、廖祿存
封面設計— 霧室

社長—— 郭重興
發行人兼
出版總監— 曾大福
出版—— 木馬文化事業股份有限公司
發行—— 遠足文化事業股份有限公司
地址—— 231 新北市新店區民權路 108-2 號 9 樓
電話—— (02)2218-1417
傳真—— (02)2218-0727
電郵—— service@sinobooks.com.tw
郵撥帳號— 19588272 木馬文化事業股份有限公司
客服專線— 0800-221-029
法律顧問— 華洋國際專利商標事務所 蘇文生律師
印刷—— 成陽印刷股份有限公司

初版一刷——2012 年 12月
二版一刷——2018 年 06月
定價——320 元

國家圖書館出版品預行編目(CIP)資料

善遞饅頭 / 孫梓評作
—二版．—新北市：木馬文化出版：
遠足文化發行，2018.06 面；公分
ISBN 978-986-359-552-6(平裝)

851.486 107007859